森のフクロウ

――かあさんへ

津田真理子詩集

澪標

母・静乃（一九二〇～二〇二〇）に捧げる。

目次

II　戻れたら

III　祈り

装幀　森本良成

Ⅰ　森のフクロウ

街のケーキ屋

花見がてら川に沿って散歩し　本当に久しぶりに母とその店に立ち寄った
今は有名になったケーキ屋の本店である　四十年以上前の創業当時と同じ
場所にあり　こじんまりとした　むしろつましいと言ってもいい佇まい
メニューに「クレープ・シュゼット」とあるのを見て　迷わず注文　薄く
手焼きしたクレープをオレンジ果汁で軽く煮て　ワゴンでテーブルまで運
び　客の前で仕上げるスタイルだ　店の照明が暗くなり　演出が始まる
クレープにオレンジ・リキュールを注ぎ　アルコールを飛ばすために火を
つける　青い炎とふわっと立ち上がるオレンジの甘い香り　青い炎はロマ
ンチックで　恋人と来るものだねと笑った　若き日の創業者がこの一皿に
偶然出会ったのをきっかけに店を始め　クレープを考案した料理人の名前

をとって店の名前としたそうである　クレープというと母の得意のレパートリー　母はクレープの中にカスタードクリームを入れ　手作りの杏ジャムを薄くのばしたものをかけて客に供したものだ

最近その店でクレープを食べたとき　帰りにレジの傍に小さなアップルパイがポンと二つ置かれているのを見つけた　パッと見た瞬間　母が子どものころ作ってくれたパイを連想した　あのパリッとしたパイ皮を思い出させたのだ「本日中にお召し上がりください」と店員が言ったので確信を強くした　サックリ感が身上のパイ　その日は買わないで　楽しみを先に延ばした　後日ついでがあったので寄ったら　パイが焼き上がるまで三十分程かかるという　その店の釜で焼いているのだ　お茶をして待つことにした　しばらくして店員が申し訳なさそうに「手違いで、あと三十分かかりますが……」と言う　さすがに諦めた　帰り道　雨に濡れた欅の枝はもう新芽に輝いていた　季節は移ろい　アップルパイへの道のりは遠い　パ

イは「ついで」と「雨」がお嫌いとみえる

次の日は美しく晴れ上がった　山は新緑に萌えている　今度は予約して行くことにした　期待を風船のようにふくらませ　ちょっぴり不安も混じって　店に向かった　帰りに電車を待っている間も胸はワクワクした　アップルパイにナイフを入れる「どんな感じ?」「ん、いい感じ!」一口　口に運ぶ　サクッ「あ、あの感触、あの味だ!」母が子どものころ作ってくれたあのパイ　オーブンが台所から姿を消してから　口にすることができなくなった　折につけ　おいしかったね　天下一品だったねと懐かしんだ　それと同じパイだ　何年振りだろうこの味「パイの底もサクッとしている!」と私「そうそう、この味、私の味」「りんごを甘く煮てから入れないとね」「バターをたくさん入れないと　層にならないの」と母　母の顔はその日の空のように晴れやかだった。

（2015・4・21）

恐怖の天麩羅

太陽の天麩羅ができたよ　と母が言う
危ないからと　とうの昔から
揚げ物はご法度のこの家に
よりによってと絶句したところで
目は覚めた

九十も半ばを過ぎた母との生活
薄いガラスの廊下を
手に手を取って歩む　毎日

お早うの声で　ほっと胸をなでおろし
今日が始まる
真っ赤な太陽の天麩羅や月のスープが
テーブルにのぼる日が来ないことを
祈りつつ

（2015・9・12）

午後のお散歩

雨上がりの午後　母を散歩に誘う
夏の間　母はほとんど一歩も外へ出なかった
今年の夏は本当に暑かった
九十五年の人生で一番

ちょっぴりお洒落して　街へ向かう
空気は澄んで　日射しがきつい
吹く風は　すっかり秋の気配
道行く人の顔も　輝いて見える

目指すは　山の麓のカフェ
可愛らしい木の家　北欧風の草の屋根
天井は丸木で　テーブルは原木の一枚板
建ったばかりのとき　木の香りがプーンとした
十月には　草屋根にコスモスが乱れ咲く

日曜日の午後のカフェ
ボサノバの調べが　夏の名残りを奏でる
　冷たいのにしようか？
母はチューーと飲み干すと　もう帰り支度
私はゆっくり語り合いたいのに

帰りにスーパーに寄る
　ローストビーフ買おうか？

栄養つけないとね
　ポテトサラダを作るね
これはまだ世代交代のなっていないメニューの一つ
母のポテトサラダを　大きな子どもたちが
今も楽しみにしている

ワインと言いたいところだが　ビールで乾杯
（元気でね）

（2015・9・13）

残された砂浜

川の上にあり高架になっている駅から海が見える　反対側には山が迫る海と山と川が同時に楽しめるので　この駅が好きだ　あの海まで一度行きたいね　と母といつも話していた　海行きが実現したのは　ある秋晴れの昼下がりのことだった

川沿いを下ることにした　葦が生い茂り　ススキの穂が揺れている　ところどころに水が見え隠れしている　しなやかにアクロバットで舞い降りてきたのは　アオサギだ　白サギは　竿のように足を立てている　目の前をスズメの群れが一斉に飛び立った　思ったより海は近かった　昔のままの浜　わずかに残された　この町で昔の浜が残っているのは唯一

ここだけだ　幅五十メートルもない　テトラポットが申し訳程度に積まれ　波を防いでいる　あとの浜はすべて四十年も前に埋立地になってしまった　砂浜を歩く　細かく白い砂は　目に優しく足にも柔らかい　昔なつかしいこの感触　プーンと汐の香りがする　打ち寄せる波の音　この音は　忘れてしまうくらい聞かなかった　波打ち際に目を移す　何もいない海と思ったら　いるわいるわ　色々な生き物たちの運動会　小さなヤドカリがたくさん忙しげに走り回っている　ゴカイがくねくねしている　あ　カニも一匹いる　小さな魚が群れている

海を眺めていると　心は昔へ飛ぶ　母の心も私の心も　母が子どもの頃夏は海遊びと決まっていた　泳いでいると　連れて行った犬が母が溺れたと思って助けに来たが　結局抱いて帰ったという　また　漁師が引いている網の端にぶら下がっただけで　手伝った褒美に　小さなバケツ一杯のイワシをもらって帰ったそうだ　またある時　殻を脱いだばかりの

柔らかいカニを揚げたらおいしいと漁師に教えてもらい　家に意気揚々と収穫物を持ち帰った　家人に頼み込んで揚げてもらったら　油がはね返って大騒動になり　大目玉を食らったこともあるという　海で泳げたのは　私が小学校の一年生の時までだ　学校で水着に着替え　浜までバスに乗り込んだ　その道中　バスが我が家の近くを通ったとき　ピーチク　パーチク　小鳥がさえずっているようで　さながら鳥小屋の大移動みたいだった　と母は話した　まだ泳げなかったので水遊びをしていたのだが　足には足袋を履かされていた　ガラスなどがあって　危なかったからだ　それ以降　海は汚れ　遊泳禁止になった　高校のとき　学校が海の近くにあったので　部活で浜までマラソンをした　砂浜に着くと基礎トレーニングとして　男子学生に混じりサッカーをした　西日にキラキラ輝く海と若さの輝きが重なり　美しい青春の思い出となっているなつかしさ一杯で胸をふくらませ　帰路についた　今度は川の東側の松

林を通った　自然のままの松林は　昔と少しも変わらない　アー疲れた
と言う母と　カフェで一服　こんなに近いなら　また行こうね　と母と
微笑み合った

（2015・10・20）

ねこの発見

そろそろ　ダイニングの椅子から降りて
おかあさんの部屋へ行こうかな
腕枕でヌクヌク
うれしいから舐めてあげるの

あれ　いない
おかあさんがいない
どうしたのかな
部屋の隅でいじけ寝するしかない

（翌日）
今日は大丈夫かな　だめだ
そういえば　おかあさんこう言っていた
　おばあちゃんが調子悪くて心配だから
　おばあちゃんの傍で寝るね

どうしようかな
あら　籐椅子
一度　上に登ってみようかな
ふんわか　いい具合　発見！

わたしは大丈夫よ　おかあさん
ひとり寝でも

（２０１６・２・２）

主婦三年生

母から主婦の座を譲り受けて三年

母の食べたいものを作っていますか
材料を吟味していますか
レパートリー少しはふえましたか
工夫していますか
適量ですか　バランスはとれていますか
楽しく食べていますか
身体に沁み渡るようなもの作れていますか

まだまだと内の声
そんなこと言っている間に命終わるよと内の叫び

（2016・5・10）

白寿まで二年

前はできたことができなくなっていく
腰を痛めて初めて気づく母　またやったと慌てる私
年寄りはせっかちよ　と母
一言声をかけてくれればいいのに　と私

危ないからとすることを何でも封じたら
頭ごなしにと母はふくれる
家の仕事なら大丈夫でしょ　と糠をかきまぜる
さりげなく支えてと母は目で語る

出るのが億劫な母もふっと誘いに乗る
仕度にたっぷり一時間　楽しかったねと一緒に帰宅
がみがみ言わなくても　しつこく誘わなくても
伝わるときにはすっと動く

心の中心に届きますように
母の気持ちが　私の気持ちが

（2016・5・10）

十二月二十一日

お誕生日おめでとう
ありがとう（生んでくれて）

ふと思い出す　むかし耳にした母の一言
あの子は　幸薄い子だから

母への暗い思いが噴き出る
私の人生　全否定しないでよね

夜　見上げた空　空間の中に吸い込まれそう

自然に還っていく　やさしい本当のお母さん！
柚子湯に体を沈める　今日は冬至
　明日から日が長くなるのよ　母はいつも言う
希望の日に生を受けたんだ
心の垢が湯に溶け　感謝の香りに包まれる

（２０１６・12・22）

開演一時間前

かあさん　また来ることができましたね
びわ湖ホール　去年思い切って来て
音のシャワーを浴び　生まれ変わる程
元気になった　あなた

湖畔の遊歩道を歩いています
時は初夏　草の匂いに包まれ
クローバーの白い花に　子どもの頃を懐かしむ
あなたと私

岸辺をうつ波の音が聞こえてきます
海の波とは違うねと言う　あなた
湖のむこうに　目をやっています
山々は藍の濃淡　かすんで見えます

ベンチにあなたを残して　私は汀《みぎわ》へ
風は水の香りを運び
手からこぼれる水は　古《いにしえ》の香り
神話の湖　命の源

来年もという言葉はありません
いつも今　今がすべて

（2017・5・18）

蚊のあいさつ

昔　蚊はブーンとあいさつしたのに
今は　あいさつ抜きで刺す
かあさん　それは耳のせい

（2017・8・3）

この時を

――夕焼けよ　見て
空色に日本茜のぼかしのすそ模様
ひんやりとしめり気を帯びた
外気に包まれて
二人たたずむ
この一瞬

生きていける

ずっと
――来年は白寿ね　かあさん

（2017・11・17）

寒牡丹

洗濯物がひっくり返る強風の朝
隣家の庭先に　深紅の炎
寒牡丹　一輪

二十年前の五月　我が家の庭
赤　白　黄　ピンク　牡丹の狂想曲
母は次々に友人を招き　宴は続く

赤　黄　白と　牡丹は姿を消し
最後の一本　ピンクの花を見なくなって二年

古木に　赤い葉芽だけが　生存証明

多くの友人は　天上の人となり
ひっそり暮らす友人に　母は葉書をしたためる
返事の電話があった日　母の表情は華やぐ

物干しが落ちる強風の夕暮れ
隣家の　寒牡丹
カッと花弁を天へ向け　そそり立つ

五十年　我が家の庭を見続けてきた私と
百年近く　時代を見つめてきた母
夕日の織りなす金色のヴェールに対峙する

（2018・2・7）

風かおる

あなたが生まれたのは五月六日
男の子の節句に遠慮して一日遅れ
あなたのパパは医者を呼びに自転車をこぐ
かぐわしい風が頬にあたる
あなたは薫《かおる》と名づけられた
つぶらな瞳赤子なのに整い過ぎた顔立ち
四年目に授かった宝

特攻だった叔父のパラシュートで作った産着
真っ白い絹に包まれたあなたは淡いピンクのバラ

大きくなると近所の子どもたちは
お姫様のようにあなたを大事にした
「足に土の付かない子」と祖父は心配した
清らか過ぎてこの世では生きられない

汽車に乗っての遠出のとき
背中にしょって寝んねこを被せられ移動
戦後の混乱期の満員列車はぎゅーぎゅー詰め
「後の子息してるか見てください」ママは叫ぶ
みんな「大丈夫、大丈夫」と言い押さないようにしてくれる
ママは近くの親友によく会いに行った
あなたのことを知る数少ない人

物のない戦争直後に生まれたあなた

たまに口にするママの手作りおはぎと進駐軍のヌガー
それがあなたの知るおやつのすべて
ペットの兎も食用に盗まれてしまった
ママが大八車で畑へ向かうとき
あなたは肥桶のとなりに座らされた
おいしい野菜とママの採ってくるアサリが御馳走

ママは忙しいしおもちゃもなく一人遊びする
きれいな小石を拾ってきてはカゴに入れる
「捨てちゃダメよ」とキッとにらむあなた
車窓に見える鯉のぼりを指差し
「おととね、おととね」とはしゃぐ

背広の古着で作ったブルーのロンパース

上は白地に赤の水玉のブラウス
地味な生地に何でも刺繍をほどこした
ズックにブラウスの端布のリボン
帆布で作った帽子にブルーの縁取り
もちろん刺繍をあしらい
お出かけ着のあなたはお人形

当時はやりの結核菌があなたを襲った
一時小康を得てお出かけまでしたが
菌は脳へ達し脳膜炎となった
だまってじっと目をつぶり手で押さえている
ふっと手をはずし「痛い痛い行った」と言う
満三歳の八月二十三日地蔵盆の日
あなたは空へ還って行った

五月六日と八月二十三日には
おいしいお菓子をお供えする

＊姉が亡くなった年の十二月に、私は生まれた

（2018・5・2）

最後のひとつ

あんずの実　落ちた
たった　ひとつ

戦争の焼跡に植えられた
若木　根をはり枝をひろげ
幼稚園の私を迎えた
着物姿の母がまぶしい

桜の一足先に　春を告げる
淡いピンクに　庭を染める

梅雨時に　黄金の小さな鈴
なべいっぱいのジャムを　母はつくる

子どもたちの巣立った庭に
客人を招く母　クレープをおぼえ
あんずのシロップをたらす

病をえて巣にもどった私との
氷の十年間
あんずジャムを　つけて
固いパンを　黙々とかじる母

病癒え　春がもどった時
あんずの木には　緑の苔のチョッキ

枯れた枝は無残に切られたが
空を向いて手を広げた枝が芽吹いている

今年も　花が咲いたね
母の頬がピンクに

あんずの実　ひとつ
そっと　木のまたに返す　母は白寿

（2018・6・28）

百年目の階段

百歳は東照宮の階段と母がいう
女坂がないの　急にガクッとくるの

夢と現《うつつ》を行ったり来たり
夏には幼い頃の隣の小父様が登場
いま生きているが如く皆にはなす

座敷に花が活けてないことがある
近くのお出かけにもお供がいるようになった
私の留守中　猫のご飯がとぶことも　二回続くことだって

――いいのよ　命に別条がなければ
今までのようにいかないのと言いながら
ぼつりぼつり百歳のペースをつくりつつある

今年の二月は　肺の影騒動
数え百のお祝いは延期に
夏も酷暑で延期
十月にやっと実現した　子どものようにうれしそうな母
会場は宝塚ホテル
父と母が結婚式を挙げたところだ

義妹《いもうと》は来年の宝塚ホテル旧館レストラン最後の日に予約
百一歳のお祝いだ
おせちも予約

母がこれからもいくつもの節目を
無事に越えていくことを祈りつつ

（2019・10・25）

共感

カフェ経営の夢　二十年前の
角砂糖一つ残す
部屋のカフェ・コーナーに

あの方が私の夢を実現
エチオピアからコーヒー豆を輸入して
カフェを世界規模で展開する

この角砂糖は
原点なのと私

目を細めてうなずく母
深い深いところで受け容れ
私をささえ続けてくれる
百歳の今も

（2020・1・9）

森のフクロウ

母は満で百歳　猫は人間にしたら百歳
二頭立てで我が家を率いる

母は森のフクロウ　森の動物たちは
巷のホコリをまき散らし　しゃべりまくる
目を閉じ黙って聞く母　表現の仕様ねと一言
空間は澄み　あたりは和む　百年の時の重み

猫にとって母は仲間
正座して母を出迎え　やさしい眼で見上げる

母は猫に言う　あなたは何の介護も不要ね

道の向こうに弟の車
手を振る私　その瞬間　母は
フラッと歩み　仰向けに転倒
無事だったのは　奇跡

命は命がけ　ねえフクロウさん

（2020・7・9）

II　戻れたら

湯気のむこう

ゆるゆると母のいない
生活がまわっていく
からからと落ち葉が舞う

デイを初めて休んだ　夏の日の朝
なぜ　家で尻もちをついただけなのに
それっきり起き上がれなくなるなんて

ピーンと張りつめた食事時
一瞬のタイミングのズレが死につながる

おかゆ？　おもゆ？
おかゆ　と答え　かめない米粒を口にふくむ
大好物の栗きんとん　ごくんごくんと喉が鳴る
ムースにして　コーヒーと
野菜の和風コンソメが
最期の食事に
死んだらつまらないね　湯気しか上がれない
祖母の口癖だった　と母
今　お供えの湯気のむこうに
母との六十年間がかすむ

（2020・11・30）

戻れたら

海にたゆたう小舟　悲しみの海
銀鼠色の海　あなたの経帷子《きょうかたびら》の色
ひたひたと　悲しみのさざ波が押し寄せる
深く身を沈め　海の色に染まる

音のない世界　光も届かない
あなたの声が聞こえない
あなたの姿が見えない
かあさん　どこにいるの

あなたの海に浮かんでいた日々
温かく　ゆらゆらと
誕生のときを待ち望んで

太古の海を想う
生命誕生の時まで
戻りたい……

（2020・12・9）

シナイ山

コロナでお出かけもままならないわね
洋間でＤＶＤの上映会
シナイ山　ギリシャ　日本？
シナイ山　とあなた

岩、岩、赤い岩
荒野の向こうにあなたは何を見ていたのか
痩せた山羊の群れ
何を食べているのかしら　とあなた

一人で見るシナイ山
映像の向こうで元気だった頃の
あなたが微笑んでいる

コーラスにだぶって　あなたの声が聞こえる
今夜は　かあさん
あなたのいない初めてのクリスマス

（2020・12・25）

残されたもの

そのまま　そのまま
指一本触れさせない　あなたの身の回りの物

禁を破る　あまり寒いから
寝室の前に置かれた夏のスリッパ
冬のスリッパと保温ブーツに

保温ブーツに足を入れてみる
あったかい
足元から温もりが上がってくる

これいいぞ　おふくろ
同居を始めた弟のご推薦
彼　はいたままで昼寝するのよ　と義妹
あなたがいない今　残されたブーツが
私の心まで温めてくれる

（2020・12・27）

もしも

取り皿は　おかずの花畑
食べたいものを　食べられる大きさで
きれいに並べる

ゆっくり　ゆっくり
それでも　むせることがある
食べるのも命がけよ　とあなた

転んでベッドから起き上がれなくなった
食べやすく工夫して　口に運んであげる

クチュクチュかんで口から出すようになる

やがて　食事はムースと　とろみをつけた液体に
キッチンは戦場
フードプロセッサー　冷ますための食器の山

一口一口が命との綱引き
どこへ入った？　気管！
それが最後の一口に

もし転ばなければ　もし喉に詰めなければ
あなたを責め　私を責める
遺影の母は　微笑んで応えない

（2020・12・27）

最後のキス

思わず
ほっぺに近づいて
軽くキスをした

母はふっと
やわらかい微笑を浮かべた
輝くばかりの

起き上がれなくなってから
初めて見る笑顔

一瞬　空気が和らいだ
何もかも終わって
今　思いいたる
どんなにあなたが耐えていたかに

（2021・1・3）

文化の日に

抱きかかえている　あなたに
本当は私が抱かれていた
あなたという存在に包まれていた

あなたを失った今
あなたのいた部屋に
介護ベッドはない

起き上がれなくなったのは
たった一か月半の間

私の腕の中で　かあさんは
息をしなくなった

晴れ上がった　文化の日
あなたは青空に吸い込まれていった
もっと大きな存在となって

（２０２１・１・３）

いい湯だな

こんな寒い日
お風呂につかっていると
足湯をしてご機嫌だった　あなたの
姿が目に浮かぶ

湯舟に入れた椅子に座って
足をぶらぶらさせる　あなた
いい湯だなって言いながら
お湯を太ももにかけてあげる

顔には蒸しタオル
何度も深く息を吸う　あなた
気持ちいいと体全体が言っている
気管はあなたのウィークポイントだった

息ができなくなって　亡くなるなんて
思ってもみなかったのよ　かあさん
去年の冬には

（２０２１・１・６）

七草粥

今日は一月七日
七草に母なし草を加え刻む
二人前を作ってしまった　去年のように
去年は本当に大変な年だった

今日も緊急事態の文字が
朝刊に黒々と浮かぶ
朝から暗いと思ったら
鈍色の空から雨が降ってきた

何度あなたと七草を祝ったことか
思い出が胸をえぐり悲しみの汁が滲み出る
春になったらかさぶたになり　そこから
柔らかい希望の草が芽吹くのだろうか

あなたの非在をかみしめ
春の訪れをひたすら待つ

（2021・1・7）

あなたは形を変え

しもやけができた　大人になって初めて
あなたの残した　ワセリンをぬる
弟が買ってきたのは　五〇〇グラム入り
十年もつね　とみんなで笑った

小出しの容器が　なくならないうちに
あなたは　逝ってしまった
床ずれは軽く　病んだのも一か月半だった
年を越せる　とだれもが信じ願ったのに
あなたに　冬は来なかった

なぜしもやけ　と問うてみる
コロナで手袋ができないからだ　きっと
夜なべをして手袋あんでくれた　と口ずさむ
かあさんの編んだ　セーターにマフラーは
風邪も寄せつけない　コロナだって

あなたは　私の中で生き続ける
時には　色々なものに形を変えて

（2021・1・7）

アメリカからのカード

ぼんやり冬空を眺めながら
心の海に小舟を浮かべ
何度も櫓《ろ》をさし悲しみをすくった

目から涙は出ないのに
心の中で海になっていた

アメリカから絵カードが届く
帆をいっぱい張った二艘《そう》の舟
明るい夏の空にわき上がる雲

さあ　二人の船出だ
かあさんは天へ　私は新しい生活へ

（2021・1・9）

思い出箱

あなたが倒れるまえに聞いていたＣＤ
一つ一つ　封印を解く

音とともに　あなたのいた空間が開かれ
あなたのいた空気が広がる

あなたの匂いに満たされ
深呼吸する

かあさん

あの頃はあなたがいた
そっとそっと　思い出箱を開こう
自然の流れに身をゆだねつつ

（2021・1・10）

なぜか

お茶がなくなった
缶に詰め替えるのは　あなたの仕事だった
なぜか

なぜかが多いね　と言いながら
ヨーグルトのバナナを切り
ボタン付けをしてくれた

何だっけ　他に
ママ

と大声をあげていた
思わず泣いた
猫が悲しそうに
一緒にウヮァーと鳴いた

なぜか　猫と二人暮らし
二か月前までは
三人だったのに

（2021・1・18）

美しい日に

小雪がふって　縁側から見上げる空
真っ青　銀色の太陽　輝く雲
透明な空気　すべてをパックにして

あなたにプレゼントしたかった
臥せっていた　あなたに

もうすぐ満月よ　縁側から見せたい
と言ったら
弱々しく笑った　あなた

今日みたいに美しい日は
あなたと縁側で
何時間でも過ごしたかった

（2021・1・19）

図書貸出券は

携帯電話の解約に行った
同窓会からのお悔やみ状が証明書だ
携帯電話のむこうに浮かぶ　あなたの姿
コンサートホールではぐれて　笑いながら近づいてくる

年金証書と医療保険証は返納した
銀行口座は凍結された
貸金庫の解約手続きも終わった
世帯主の変更も済んだ

あなたを社会に組み込んでいたものが
一つ一つ外されていく
あなたと私をつないでいたものも
切られていく

介護保険証が残った
要支援から要介護になったけど
介護保険のお世話になったのは
一年ほどのこと

年季の入った図書貸出券も残った
分厚い小説を一日で読んだ　あなた
戻ってきたら使えますよ
かあさん　図書貸出券は活きてますよ

（2021・1・26）

見つからなかったけれど

一枚の写真をさがして
母の寝室の押し入れを開けた
介護ベッドが運び出されてから
何ひとつ触れていない部屋なのに

母が染めた表紙のアルバムが目についた
十代の二十代の私が弾け出てきた
もう一冊は私の結婚式　二人と友人だけの

新しいアルバムを見つけた
従兄の家族大集合　にぎやかな最後の正月

四国の墓参り　お墓が林立している
阪神大震災で全壊した家　ブルーシートの
私が出かけて一人　写真を整理していたなんて

さがしていた写真は見つからなかった
母がデザインして染めた振り袖を着た
二十三歳の私　ホテルの写真室で撮った
写真室で撮った写真がない
遺影にした写真と私の結婚式の写真以外は

旅行をいっぱいしたのに
撮った写真が一枚も出てこない
すべて染色の作品に昇華させて
見事に潔く　母は飛び立っていった

（2021・1・30）

思い出って

二人のために作っていた料理
あなたを思い出すので食べられない

ブリとサケと鶏と豆腐　何がいい
必ずサケと答える　あなた
大好きだった生サケのホイル焼き
うっかり用意したら　胸がつまってしまった

意を決して　弟夫婦と自分のために
あなた直伝のスープを作る

肉の脂を取り灰汁をすくう　自分の仕草が
若い頃のあなたにそっくり

義妹のくれた炊き込みご飯の素を使ってみる
できたご飯を食べていたら
あなたが昔作ってくれた炊き込みご飯が
記憶の底から浮かび上がる

パチッ　パチッ　とスイッチが入って
かあさんの思い出が　五感を呼び覚ます

（2021・2・2）

Ⅲ　祈り

時は春

陽光の明るさに心が浮き立つ
吹く風は春の気配を運ぶ
明日は立春なのよ　かあさん

あなたの誕生日は　二月二〇日
寒い日で　火鉢だけでしょ
おばあちゃまは大変だったのよね

冬生まれが不満そうだった　あなた
いえいえ　早春ですよ

春の鼓動が聞こえそうな

あなたは気分がいいと口ずさんだ
「時は春」で始まる　ブラウニングの詩を
最後「すべて世は事もなし」でおさめる時の
あなたの満足そうな顔

あなたは春の訪れを待ち望み
平和を心から願っていた
我が家の　そして
世界の

＊時は春……イギリスの詩人　ロバート・ブラウニング
　の詩「春の朝（あした）」の冒頭の句
　上田敏の『海潮音』より

（2021・2・2）

あなたとコンサート

1

今日二月四日は即興演奏のコンサートの日
あなたのすみれ色のセーターを着ていく
北山駅を出ると真正面の東山が
やわらかくやさしく微笑んでいた
すみれ色と藍に淡いグレーをかけて
雲は朱に染まり山の髪飾りだ
あなたならどんな染色の作品にしただろう
あなたの愛した「山笑う」という表現
あなたの声が聞こえる

春が来ると山がほころぶの
季節で表情が違うのよ

2

京都コンサートホール　以前あなたとよく来た
コロナが少し収まり
去年十月一日　十一月三日　十二月三日
と久しぶりに開催予定が出た
八月二五日にチケットは届いた
十一月三日は祭日で　弟の車で送ってもらえるから
と二枚購入した
九月十四日、あなたは転倒し起き上がれなくなった
十月一日、昼食にスープを作り　夕食はムースにして
義妹と看護師さんに看てもらった

あなたの好きなモンブランをお土産にした
これなら毎月コンサートがあるといい　と弟は言った
翌日、あなたはスプーン一さじなめてくれた
十一月三日の午前一時十分
あなたは私の腕の中で息をしなくなった
弟夫婦は通夜を翌日にし　私をコンサートに行かせてくれた
母のチケットに母をのせ　ホールへ向かった
アンコールのパイプオルガンで
あなたの魂が飛翔し　自由に世界を駆け巡り
ピアノでは　私たちを見守ってくれるのを
私は体で感じた
お土産のモンブランは母の分も入れて四つ買い
三つを弟夫婦に　一つをお供えにした
モンブランは無残につぶれていた

十二月三日、悲しみに胸つぶれていたが　運び方を工夫して
モンブランは美しい姿で持ち帰った

3

開演を知らせるチャイム
その時　気づいた
今日あなたは東山になって　私を
微笑みながら待っていたのだ　と
ナレーションが聞こえる
第１部のテーマは「流れ―愛の流れ、幸せの流れ」
ピアノから激しい音が立ち上がる
思い出が引きずり出される　思い出が押し寄せる
去年二月十日にロームシアターでコンサートがあったこと
あなたの最後のコンサートになったこと

以前は大阪のシンフォニーホールでコンサートがあったこと
あなたと一緒にコンサートを聞いている時が
一番幸せだった
思い出がとめどなくあふれ出るので意識の流れを止め
音の流れに身をゆだねる
深い水脈まで辿り着き　やがて
川となり　海へと押し出される
そこで演奏は終わった
パイプオルガンが鳴り響く
大きな帆船が帆をすべて張り　大洋へ躍り出る
みんなの心を乗せて　もちろんあなたも乗せて
このコンサートは世界中にライブ配信されているのだ
船室で話し合いが始まる　少し紛糾してきた
むこうからは敵艦か　と一瞬緊張したが

船はいつの間にか大艦隊になって海原を行く
そして　何かを引き上げようとしている
海に沈む魂のように思えた
突然　演奏が終わる
三月十一日　このホールでコンサートがあることを
思い出した

4

第2部のテーマは「永遠のイデアー永遠の愛の実現」
あなたはどこにいるの　とあなたをさがした
ピアノの第一音　高音がポッーンと鳴ると
ホールの天井まで届いた
ポッーン　ポッーンと三回鳴ると
あなたが現れた

ピアノの音に合わせて
あなたは天女のように舞っている
ピアノがあなたは大好きだった
即興のピアノは響きなの　とあなたは言った
私は言葉で表現するのをやめ
演奏をそのまま体で心で聞くことにした
アンコールが終わり　帰りに手渡された
パンフレットを見て驚いた
雪の残る中国の山の写真
冬枯れの木の一部が　赤っぽいすみれ色に映っている
題字もすみれ色だ
お土産のモンブランがつぶれないように　捧げ持った
お骨壺を持っているような気がした

かあさんがいなくなって　三か月
十一月三日のコンサートに参加したくて
あなたは体の衣を脱いで　自由になった
きっと

（2021・2・4）

今も一緒に

あなたの大好きだった即興演奏
祭壇の前にパソコンを持ち込み
ライブ配信を繰り返し聞いていた
老猫のシロを私の部屋に置いて

昨日からシロがついてまわる
南の私の部屋へ　北の台所へと

あなたの看病の間　シロは捨て置かれ
体はガリガリ　毛はボロボロ

心も荒んで　治療食のお世話になった
今はふっくらし　気持ちも落ち着いていたのだが

夜　私の部屋でライブ配信を聞くことにした
シロはベッドにゆったり寝そべり
目を細め入念に身づくろい
満足そうに時々こちらを見る

かあさん　あなたの魂は自由だから
今も一緒に聞いているのよね

（2021・2・14）

かあさん語録

母のために無地のノートを買ってきた
二〇二〇年三月一八日
浅田次郎『わが心のジェニファー』
鶴は決して可愛い鳥ではない
鳥で可愛いのは白鳥くらいまで
駝鳥に至っては動物である

今　タンザニアのＤＶＤを見ている
自然治癒力のある豊かな大地

野生動物たちの生き生きとした姿
サファリにはもちろん駝鳥もいる
母が大好きなＤＶＤで　最期まで見ていた

四月七日　浅田次郎『竜宮城と七夕さま』
「たいやひらめの舞いおどり」したのなら
竜宮城では何を食べていたのだろう
おとぎ話は不思議なことだらけ

この本が母の読んだ最後の本になった
浅田次郎が好きで全部読んでいた
次の頁の途中から私の筆跡になり

六月はじめ　〈カップ付きタンクトップ〉

希望者多数のためお届けできません
それを聞いた母　即座に
ペチャパイが多いのね！

母は最期まで　頭は自由自在だった
母の筆跡のノートが何冊もできて
かあさん語録を冊子にしたかった

（2021・2・18）

来年も会おうね

母が亡くなる年の春
ツバメがまた夢に出てきたの
と嬉しそうに　しきりに言う
それでは会いに行こうと
弟の車を出すことにした

六月七日　当日の朝　開口一番
ツバメさんがあいさつに来た！
車で駅前通り近くまで行く
阪神の電線に親ツバメがとまり

こちらを向いてあいさつをする

角の店までそろそろ歩いていく
店の軒の巣には　三羽の子ツバメが
頭を並べ　黄色いくちばしを開け
こちらを向いて　母をお出迎え
愛らしい仕草で　巣の中でたわむれる

来年も会おうね
と母はツバメに何度も手を振った
その日の母のメモ帳
ツバメを見に行く　三羽並んで
可愛いことこの上なし

九月五日　母のお友だちのツバメさんは
南の国へ帰って行った

ツバメは可愛いのよ
おしゃべりでおしゃべりで
そして色んなことを知っているの
あちこち行って
頭いいのよ　色んなことおぼえている

十月七日　夢にチョウチョが出てくるの
海を越すの　お話しすると返事するの
私も元気よ　って
可愛い　集団で来るの
こうやって寝てても　退屈しない

亡くなる前　母は海の夢をよく見た
今頃　遠い海のずっと向こうで
ツバメやチョウチョと
お話の続きをしているのね
かあさん

（2021・2・25）

かあさんへ

老猫のシロは　昔のように
膝に駆け上がってこない
目を閉じこちらを向いて座っている
私と呼吸がそろってくると
おもむろに這い上がってくる

ふっとお金のことを考えたりすると
膝からおりて　こちらに背を向け
じっと座っている
どのくらい待っただろう

やっと戻ってきて　くつろいでいる

人間もシロのように　相手の呼吸を感じ
交流してきたのだろう
もっとわかり合えるためにできた言葉なのに
相手を従わせる道具に使ったり
言葉と言葉がもつれ合い　傷つけ合ったりする

こんなことをごちゃごちゃ考えていたら
シロは膝からおりてしまった
少しして両手をかけたが去って行った
頭の中混乱しているねと言いたそう
外へ出たいというので出してやった

かあさん　シロが色々気づかせてくれます
辛くて横になっていると添い寝してくれます
猫の百歳　健在ですよ

（２０２１・２・26）

百歳との一瞬

いつものように母にご飯を供え
縁側の踏み石でお線香の番をしていた
ふっと振り向くと　老猫のシロが
縁側で日向ぼっこ　初めてのことだ
シロを外に出し　一緒に春を楽しむ

老木のアンズは散り初め
鳥たちが好き好きにさえずっている

弟との喧嘩の嵐の余韻も去り

切り抜きを始めたミャンマーの情勢
震災の傷あと　政治スキャンダル　コロナ禍
取り巻く社会の暗雲もスーッと遠のき
心の中は空っぽ　春の風が抜けていく

百歳との一瞬一瞬は二度と帰らない
そして永遠　こないだまで母さんと　今はシロと

（2021・3・9）

響―愛・平和

1

東京で一人暮らしの学生時代
夕餉の頃が切なかった
あなたのいない今　胸しめつけられる
夕暮れに　私はこのCDを聞く
「響―愛・平和」
阿蘇山の野外劇場アスペクタで行われた
シンセサイザーの即興演奏
あなたと二人で参加した
当時あなたは今の私とちょうど同じ年

雨が降ってもイベントは続けられ
帰り　土砂降りの中を　あなたはリュックを背負い
一番先にバスに飛び乗った
三十年前なのに　三日前のような気がする

2

ゆったりとした音の流れに身をゆだね
時の川を遡っていく
時空を越え　シンセは壮大な世界を繰り広げる
一転して音が揺らぎ
宇宙創造そして地球誕生へと導かれる
鳥の鳴き声が挿入され
緑の地球の息吹を　体中で感じる
胸が開き　全細胞が深呼吸を始める

大きな鳥に姿を変え　私は大空をゆっくり旋回している
今度は隊商を組み　シルクロードを行く
ラクダの背にゆられているように刻まれるリズムが心地良い
紺碧の星空　その広がりへと吸い込まれる
星から銀色の糸が下りてきて　銀の光に包まれる
地球上の生物すべてに音が伝わり　心に音が届く
あらゆるものが攪拌されて一つになり
全部が引き上げられ　ハーモニーを奏でる
残らず大宇宙の中に溶け込み
すべてが和し　シンフォニーが響く

3

七時間のイベントを七十分に圧縮したＣＤなので急展開だ
このＣＤには　あの時の母さんと私も詰まっている

聞いていると　いつでもあの日のあなたに会える

（2021・3・9）

特別な日のコンサート

今日は3・11から十年目

第1部のメッセージは
東日本大震災とその後を厳粛に述べるものだった

ピアノは　生きている一人一人何をしているかと問う
自分のことで精一杯の己を恥じた
二重奏そして三重奏やがて多重奏で確かに歩みを進める

パイプオルガンは前回の続きに聞こえた

海に沈んだ魂は引き上げられ
海は明るくなった

第2部のメッセージは
魂のことをはっきりと言葉で表現する

パイプオルガンで始まる
演奏者と主催者らは、震災直後現地に入り、今に至るまで
支援活動を続けている。チャリティーコンサートも全国で
行なった。演奏はその活動の重みと厚みに支えられている
最後　母の魂をはっきりと感じた
同時に　生きていながら魂を見失ったかのような人々
のことを思った

ピアノでは
静かな海がいきなり割れ
津波のリアルタイムの映像が浮かび
即興演奏でしか表現できない展開に言葉は力を失った
終盤のやわらかい音に
ささくれだった心もまあるくなり
息を吹き返した

アンコールのパイプオルガン
あまりの激しさ　迫力に
私のもやもやした想念は砕け散った

凄まじい音は　夢の原発が吹っ飛んだ音
演奏が終わっても原発の処理は終わらない

気の遠くなる時間とお金と労力がかかるのだ

（2021・3・11）

祈り

ツバメの第一群が商店街に到着しましたよ
元気な声で嬉しそうに挨拶を交わしていました
遠い国から長い旅をしてきて

今年の桜は早くて　もう散り初めです
欅並木はやわらかな新芽に輝いています
郵便局の夏椿はまだ若葉だけですね

何と　牡丹が三輪もつぼみを付けています
黄色　牡丹色　白と枯れていって

最後に残ったピンク　ずっと葉芽しか出なかったのに

杏の老木は花を見事に咲かせ　今
新緑の間に青い小さな実がいっぱい顔をのぞかせています
落ちてしまわないで黄色に色づいてくれるかしら

ライラックが満開で　鈴蘭も首を垂れています
紫蘭　海老根蘭　額紫陽花が控えています
あら　トカゲがちょろちょろと隠れたわ

命が次々に名乗りを上げる春
美しい地球の営みが続きますように
かあさんの祈りでもありましたね

（2021・4・6）

あとがき

母へのあふれる想いを、ありのまま詩の形にしたものが詩集となりました。

詩は、書いた順に並べました。三部構成にし、Ⅰは母が元気な頃の詩。できた詩を母に読んで聞かせるのが楽しみでした。Ⅱは母が亡くなってからの詩。母と対話しながら、詩を書きました。Ⅲは母の平和への願いから始まって最後祈りで終わる形にしました。母は、八月六日原爆が投下された時、広島の近くに住んでいてキノコ雲を見もし、被爆した方々の看護にも携わっています。私が子どもの頃、いつも広島の話を聞かされました。

母は、大正・昭和・平成を生き、令和を迎えました。白寿の年に、それまで見聞きしたことを書き連ね『一〇〇年のときの雫』と題した本にしました。「過ぎてきた一つ一つの出来事が（いいにつけ悪いにつけ）全部たいせつでいとおしい雫のように思える。なつかしい雫たちに、いま、つつまれている」と母は本の帯に記しています。

半生のたのしみであり仕事とした絵更紗（染色）の作品も載せられています。

私にとっての母は、親子であり、きょうだいであり、友だちであり……、一人の人間とこれ以上は望めない豊かな至上の関係……、そういう存在でした。最近は、声に出して母に話しかけながら、暮らしています。

大阪文学学校の中塚鞠子チューターのお力があってこそ、拙詩が詩集の形をとることができました。感謝の気持ちで一杯です。大阪文学学校の仲間の皆様、そして出版でお世話になった澪標の松村信人様にもお礼を述べたいと思います。ずっと私を支え続けてくれた友人、家族にありがとうを贈ります。

二〇二一年七月

津田真理子

津田真理子（つだ まりこ）

1949年　兵庫県に生まれる
日本語教師
2015年～2020年　大阪文学学校に在籍

現住所　〒659-0015　兵庫県芦屋市楠町9-19

森のフクロウ
――かあさんへ

二〇二一年八月二〇日発行

著　者　津田真理子
発行者　松村信人
発行所　澪　標
大阪市中央区内平野町二‐三‐十一‐二〇二
ＴＥＬ　〇六‐六九四四‐〇八六九
ＦＡＸ　〇六‐六九四四‐〇六〇〇
振替　〇〇九七〇‐三‐七二五〇六
印刷製本　亜細亜印刷株式会社
ＤＴＰ　山響堂 pro.